Asa & Mitja

Billy Balibally

[1]

INHALT

ASA & MITJA 1

Asa & Mitja

KAPITEL 1

ZU DIESER ZEIT KURSIERTEN STÄNDIG SCHLIMME GERÜCHTE ÜBER MICH…
… UND DIESE GERÜCHTE UND MEIN AUFFÄLLIGES ERSCHEINUNGSBILD LOCKTEN EINE MENGE MÄNNER UND FRAUEN AN, DIE SICH AN MICH RANMACHTEN.
HEY, DIMI… MITMI … RI SAITO-KUN…
BIST DU SCHWUL?
UND DESWEGEN WAR ES AUCH NICHT DAS ERSTE MAL, DASS JEMAND AUF MEINEM SCHOSS SASS, ALS ICH AUFWACHTE.
UND WAS, WENN JA?

...!
SCHAUDER
DEINE KALTE HAND WECKTE MICH WIRKLICH AUF.
UND ALS ICH ZU DIESEM DUNKLEN SCHATTEN AUFBLICKTE, WARST DU DARIN...
... UND HAST MICH AUFGESOGEN.

DU MACHST EIN GESICHT, ALS WÜRDEST DU GERNE SCHIKANIERT WERDEN.
IN DIESEM MOMENT SOLL MICH ASA-CHAN FÜR EINEN ENGEL GEHALTEN HABEN.
UND WENN DAS SO IST, IST ASA-CHAN MEIN GOTT.
NUN...
SO VIEL ZU UNSERER ZUFÄLLIGEN BEGEGNUNG.
Materialraum
ABER ICH HAB MICH NOCH GAR NICHT VOR-GESTELLT.
ICH BIN DIMITRI SAITO, KOSEFORM MITJA.

IN DER SCHULE NENNT MAN MICH EINEN AUSLÄNDER ...
... ABER TATSÄCHLICH BIN ICH HALBJAPANER UND KANN AUCH JAPANISCH.
ABER EIGENTLICH WILL ICH MIT KEINEM REDEN UND MIR IST ALLES EGAL.
NUR ER NICHT...
DIE EINZELNEN SCHRITTE DER VERLIEBTHEIT ÄHNELN EINEM TANZ, BEI DEM MAN SICH LANGSAM EINANDER ANNÄHERT...
... ABER DIESE PHASE HAT BEI UNS NUR WENIGE SEKUNDEN GEDAUERT.
AUTSCH ...!
DU BIST AUF MEINEN SCHOSS GEFALLEN...

DAS TUT WEH, ASA-CHAN...
... UND JETZT BEFINDE ICH MICH MITTEN IN EINEM GEWITTER.
JA...

VON IHM MIT SEINER SÜSSEN UND BETÄUBENDEN STIMME MI-CHAN GENANNT ZU WERDEN ...
QUATSCH! ES TUT NICHT WEH...
MI-CHAN...
... ODER?
... IST MEIN EINZIGES GLÜCK.
... DU BIST MEIN BLITZ.

ER HEISST ASAHIKO MIMORI...
... UND IST MEIN EIN UND ALLES.
ES TUT ... NICHT WEH...
LASS UNS ALS NÄCHSTES DAS MACHEN, WAS WIR GESTERN GESEHEN HABEN...
WAS...?! DAS SCHAFFEN WIR NICHT. NACH SO WAS TUT EINEM DOCH ALLES WEH.
DAS SOFA IST SO ENG UND WIR FALLEN NOCH RUNTER...!
ACH KOMM! DAS WIRD SCHON KLAPPEN...
UPS! ER IST RAUSGE-FLUTSCHT...
ちゅぽん
SWUTSCH
O JE, ES IST GERISSEN ...
DAS WAR DAS LETZTE GUMMI...

DU SCHWITZT IMMER SO VIEL, ASA-CHAN.
ECHT SÜSS…
WISCH ふき
WISCH ふき
← SEX-EQUIPMENT
ZWICK
AH! ♡
WAAAS? DU BIST DOCH VIEL SÜSSER, MI-CHAN! ♡
ASA-CHAN IST EIN BISSCHEN GEMEIN…
… WAS MICH UNGLAUBLICH ANMACHT.
WIR BEIDE SIND DAS PERFEKTE PAAR.

KOYA-NAGI!
HIER!
SAITO!
HIER!
...
SEIT WANN HAST DU DICH IN SAITO VERWANDELT, MIMORI...?
DEIN PLATZ IST DOCH WEITER HINTEN!
ZZZ
SCHLUMMER
ACH SO, ICH BIN UMGEZOGEN UND BLEIB JETZT HIER!
IHR HAB EUCH JA ZIEMLICH ANGEFREUN-DET...
... ABER WENN IHR JEDEN TAG ZUSAMMEN SCHWÄNZT, MUSS ICH EUCH AUSEINANDER-SETZEN.
ALLES KLAR!

UND HÖRT MAL, JUNGS…
WUSEL
TUMMELT EUCH NICHT ALLE VOR DER HEIZUNG.
WUSEL
DIE LINKE KLASSENHÄLFTE KÜHLT SONST AUS.
UND STECKT DIE SCHALS UND OHRENWÄRMER WEG.
GEHT NICHT! ICH HAB WENIGER ALS FÜNF PROZENT KÖRPERFETT UND DIESE SCHULE IST EINFACH ZU KALT!
DANN SOLLEN DIR DIE, DIE GENUG DAVON HABEN, ETWAS ABGEBEN.
PRESS
TUSCHEL
DEINE HAND IST SO KALT…
MIR WIRD SCHNELL KALT.
ABER DU BIST SO WARM WIE EIN KLEINES KIND! ♡
SWUPP
…!!

* Auch bekannt als Imagawayaki. Ein Gebäck, das traditionell mit Anko (rotem Bohnenmus) gefüllt ist, aber diese Füllung kann heute auch variieren.

MIMORIN!
DANN IST ES WAHR, DASS DU DICH MIT DEM AUSLÄNDER ANGEFREUNDET HAST.
KANNST DU DENN ÜBERHAUPT ENGLISCH, MIMORIN? ODER BENUTZT IHR ETWA...
... DIESE SOGENANNTE „BODY LANGUAGE"?
STARR
MI-CHAN IST KEIN AUSLÄNDER SONDERN HALBJAPANER!
OH! ABER BODY LANGUAGE BENUTZEN WIR A...
MHMMM...
SCHLEICH
WOOSH
JETZT HAB ICH DICH, MIMORIN!
?!
ZERR

MEIN ROTER-AHORN-GEHEIMAN-GRIFF...!!
BATSCH
SST
MEIN ÜBERRA-SCHUNGSAN-GRIFF WAR DOCH FÜR MIMORIN GEDACHT...!
HA HA HA...
OH! ABER WEIL DER AUSLÄNDER AUCH SO WEISSE HAUT HAT, IST DAS ROTE AHORNBLATT SEHR GUT GEWORDEN!
VER-DAMMT...
GRABB
HUCH!
IM AN-SCHNAUZEN BIN ICH ECHT SCHLECHT.
SO WIE JETZT...
O JE, DAS WIRD NICHTS...
AWWW!
... BLEIBEN MIR IMMER DIE WORTE IM HALS STECKEN...

...UND ICH SEHE AUF DER STELLE ROT...
SWUPP
ぬ
AAAH!!!
QUETSCH
ギリ
ギリ
QUETSCH
ギリ
QUETSCH
HEY, WAS HAST DU DA MIT MI-CHAN GEMACHT...?
GEWÖHN DIR ENDLICH AB, JEDE GELEGENHEIT FÜR DEINE AHORN-KLATSCHER ZU NUTZEN! DU BIST DOCH KEIN KIND MEHR!
DAS TUT WEH! SIND MEINE NIPPEL NOC DRAN? SIND SIE NOCH DRAN?
TEPPEI
ALLES GUT, SIE SIND NOCH DRAN.
KEINE SORGE! WENN SIE HIN SIND, GIBT DIR TEPPEI EINEN VON SEINEN AB.
NICHT ZU FASSEN!...

WARUM SEINE NIPPEL...?
NA JA... SONST WAR DA NICHTS ZUM GREIFEN...
OH MANN.
UND WENN ICH ZUSCHLAGE, HAB ICH KEINE KONTROLLE...
EIGENTLICH BIN ICH DERJENIGE, DER WIEDER WIE FRÜHER ZUSCHLAGEN UND TRETEN WÜRDE...
... WENN ICH ASA-CHAN NICHT HÄTTE...
ALLES IN ORDNUNG, MI-CHAN...?
SLIP
WICKEL

KOMM, WIR VERSCHWINDEN …
UH. WAS?!
MI-CHAN?!
DER MACHT MIR ANGST…
DACHTE SCHON, ES GIBT EIN BLUTBAD…
WEIL ER NIE DEN MUND AUFMACHT, WEISS MAN NIE DEN GRUND FÜR SEINE AUSRASTER.
DER SOLL MIT ECHT ÜBLEN TYPEN ABHÄNGEN UND SICH MIT IHNEN BESAUFEN.
WAS? DASSELBE HAB ICH ÜBER MIMORI GEHÖRT.
ACH JA, MIMORI IST DOCH EWIG NICHT MEHR HIER AUFGEKREUZT. DACHTE SCHON, DER HÄTTE GESCHMISSEN.
DIESER MIMORI SIEHT EIGENTLICH NORMAL AUS…
… ABER DER MACHT MIR AUF 'NE ANDERE WEISE ANGST.
JA, MANN… STIMMT.

MI-CHAN!
HEY, MI-CHAN!
GRAPP

LOS, MI-CHAN.
LÄCHEL MAL.
TU'S FÜR MICH.
JETZT GUCK NICH SO GRIMMIG.
MHM... TUT MIR LEID...

ちゅ♡
KÜSS
ごし
RUBB
SO!
UPS! WIR SIND AM OBANYAKI-LADEN VORBEIGEGANGEN.
BUHU...
NICHT WEINEN.
KOMM, MI-CHAN...
WÄRM MEINE HAND!

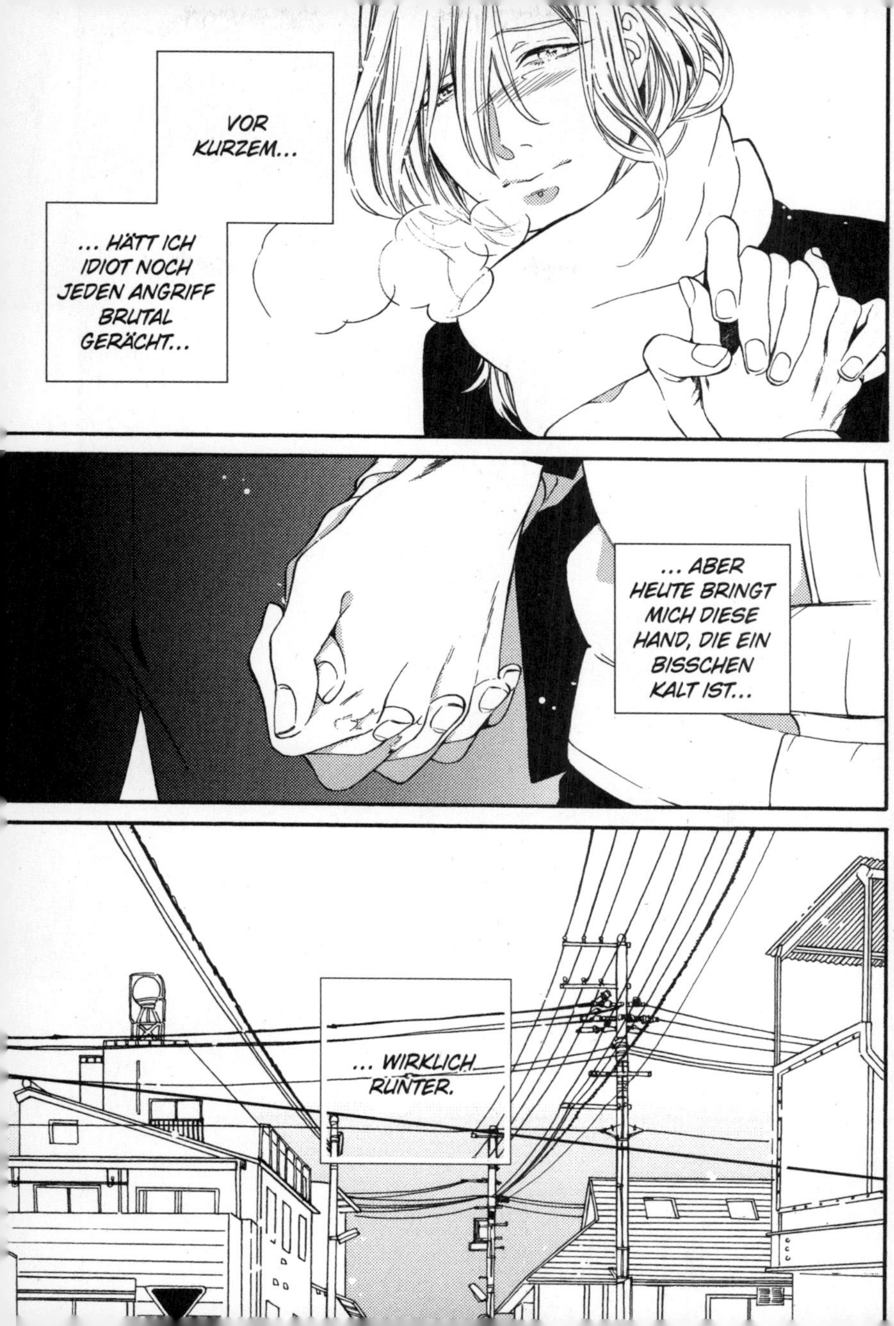
VOR KURZEM...
... HÄTT ICH IDIOT NOCH JEDEN ANGRIFF BRUTAL GERÄCHT...
... ABER HEUTE BRINGT MICH DIESE HAND, DIE EIN BISSCHEN KALT IST...
... WIRKLICH RUNTER.

DIE STELLE IST NOCH ROT.
DAS WIRD ER MIR BÜSSEN.
SCHLIESSLICH GEHÖRST DU MIR.

DEM VERPASS ICH 'NE TRACHT PRÜGEL!
MURMEL
ASA-CHAN…
FASS BITTE NIEMANDEN AUSSER MIR AN.
ICH WILL DAS NICHT. DAS ERTRAG ICH NICHT.
SORRY, ICH WERD AUFPASSEN.
MEIN ENGEL…
DU BIST DER EINZIGE, DEN ICH BERÜHREN WILL, MI-CHAN.

TUT MIR LEID, ASA-CHAN...
... ABER ICH BIN KEIN ENGEL.
DIE FARBE IN MEINEM HAAR IST AUCH SCHON VERBLASST UND WIRD BESTIMMT BALD STUMPF.
AUSSERDEM HAB ICH NOCH NIE VIEL GEREDET UND KÖNNTE MICH WIEDER SO BLÖD WIE HEUTE BENEHMEN.
ICH KENN MEINEN VATER NICHT UND WEISS NICHT MAL, WO MEINE MUTTER GRADE STECKT.
MEINE VERWANDTEN WOLLEN NICHTS MIT MIR ZU TUN HABEN UND ICH LEB IN 'NER RUNTERGEKOMMENEN BUDE.

SO 'NEN ENGEL GIBT'S NICHT.
UND DESWEGEN...
... BIST DU EIN ENGEL...
... DER NUR MIR ALLEIN GEHÖRT.

WENN ICH DICH FÜR MICH ALLEIN HABEN KANN, UMSO BESSER.
TUT MIR LEID...
WEISST DU, ASA-CHAN...
ALS ICH DICH ZUM ERSTEN MAL IM GEGENLICHT GESEHEN HAB...
... BIST DU MIR FÜR EINEN MOMENT WIE DER TEUFEL VORGEKOMMEN.

DEINE PECHSCHWARZEN AUGEN HABEN MICH EINGESOGEN…
… UND ICH HAB GESPÜRT, WIE ICH ZU DEINEM EIGENTUM GEWORDEN BIN.
„ICH MAG DICH“, HAST DU MIT DEINER SÜSSEN, RAUEN STIMME GESAGT UND ES TRAF MICH BIS INS INNERSTE.
KEINE AHNUNG, OB ES SICH UM EINEN ZAUBER ODER EINEN FLUCH HANDELT…
… ABER SEIT DIESEM MOMENT BIST DU, ASA-CHAN, MEIN EIN UND ALLES.

MEINETWEGEN KÖNNEN ALLE AUSSER DIR VERRECKEN, MI-CHAN.
ABER DU DARFST NICHT VERRECKEN, ASA-CHAN. ICH KÖNNT'S NICHT ERTRAGEN...
... WENN DU MICH ALLEIN LÄSST.
EINZIG DEIN SELBSTIRONISCHES LÄCHELN...
STIMMT...

... LÖST EIN GEFÜHL DER UNSICHERHEIT IN MIR AUS.
WACH AUF, ASA-CHAN.
ICH MUSS ARBEITEN! ODER WILLST DU WEITERSCHLAFEN?
HMM...
STREICHEL
URGH... ICH MUSS AUCH ARBEITEN.
UND ICH MUSS NACH HAUSE, WEIL ICH AN DEN PC MUSS.
NA DANN.
WUPP

IMMER WENN SICH ASA-CHAN VON MIR ENTFERNT, ZERRT DIE ERDANZIEHUNG DOPPELT SO STARK AN MIR…
… UND NICHT MAL MEINE MUNDWINKEL KRIEG ICH NACH OBEN GEZOGEN.
SO GEHT ES MIR JEDES MAL, WENN ER NICHT DA IST.

WIE ES ASA-CHAN WOHL DAMIT GEHT?
HAB KEINE AHNUNG, WAS MIT IHM PASSIERT…
Mimori
Mimori
… NACHDEM ER GEGANGEN IST.
ASA-CHAN HAT RECHT…

SOLLEN DOCH ALLE AUSSER UNS BEIDE VERRECKEN!

Asa & Mitja

KAPITEL 2

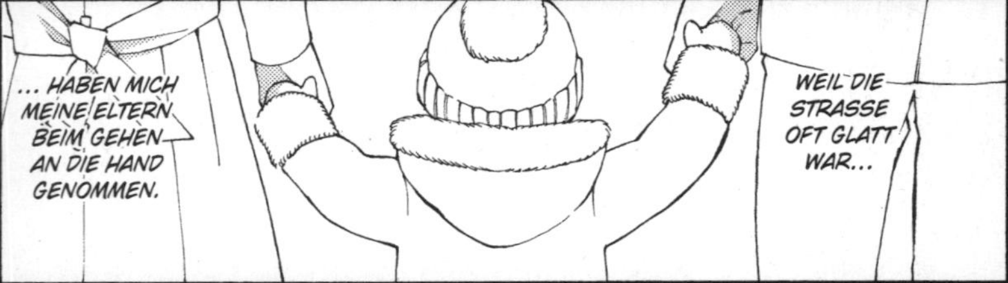

... HABEN MICH MEINE ELTERN BEIM GEHEN AN DIE HAND GENOMMEN.
WEIL DIE STRASSE OFT GLATT WAR...

ICH WAR NOCH EIN KLEINES KIND UND AUSGELASSEN UND AUS IRGENDEINEM GRUND HATTE ICH EINE MENGE SPASS.

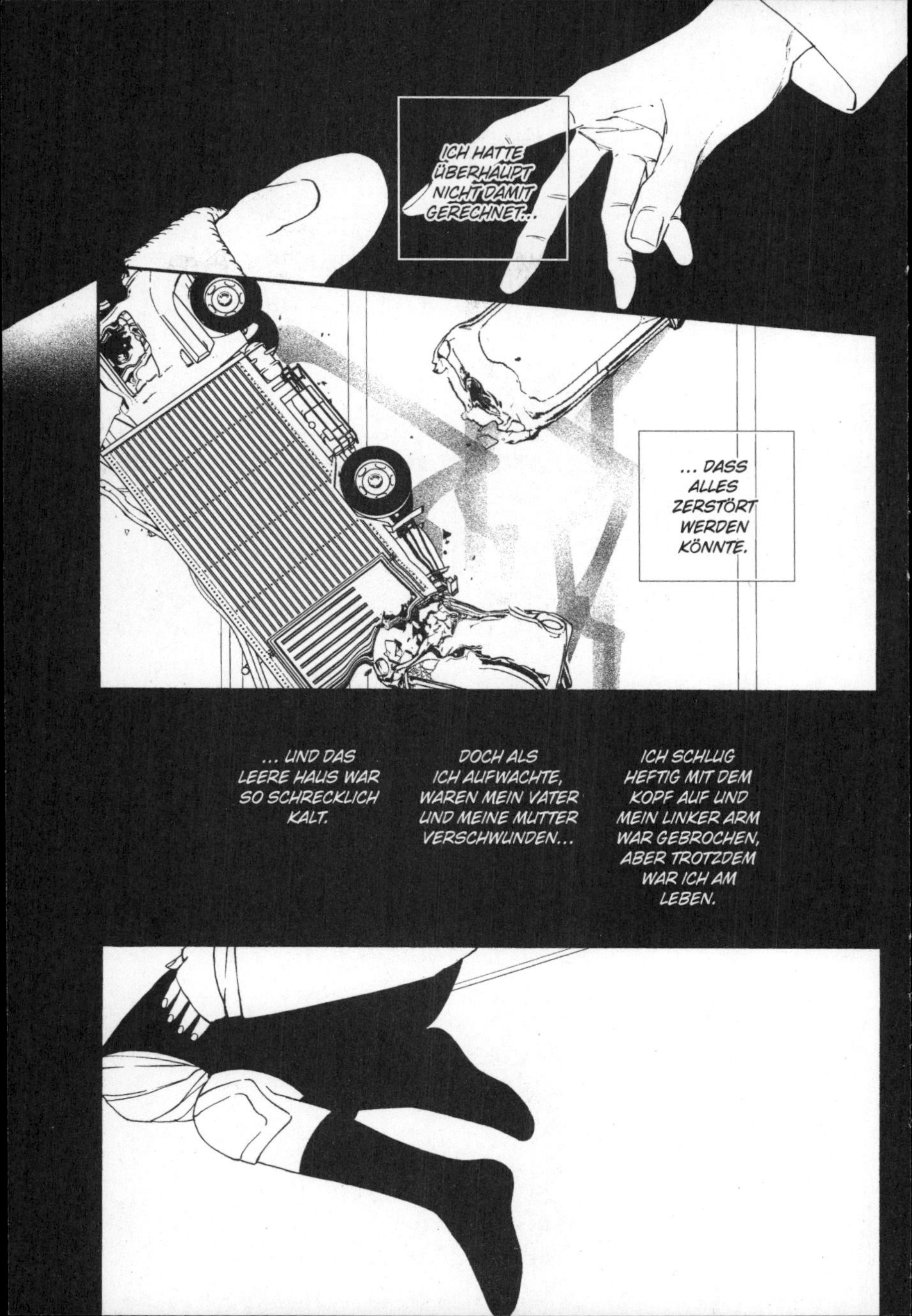
ICH HATTE ÜBERHAUPT NICHT DAMIT GERECHNET...
... DASS ALLES ZERSTÖRT WERDEN KÖNNTE.
ICH SCHLUG HEFTIG MIT DEM KOPF AUF UND MEIN LINKER ARM WAR GEBROCHEN, ABER TROTZDEM WAR ICH AM LEBEN.
DOCH ALS ICH AUFWACHTE, WAREN MEIN VATER UND MEINE MUTTER VERSCHWUNDEN...
... UND DAS LEERE HAUS WAR SO SCHRECKLICH KALT.

ICH KANN MICH NOCH DARAN ERINNERN, DASS DIE EINZIGE WÄRME VON DER GROSSEN HAND AUSGING...
... DIE MIR IMMER WIEDER DIE TRÄNEN WEGWISCHTE...

ガラッ
SRRT
HEY...!
OH MANN...
チャリ
KLIMPER
ガラッ
SRRT
ONKEL YUSAKU!

AH!
DU BIST ZURÜCK, ASAHIKO!
SPLASCH
PLITSCH
HOPPLA!
OJE!
OH MANN...
DU BIST SO TOLLPATSCHIG.
AUSSERDEM SOLLTEST DU DIE TÜR ABSCHLIESSEN, AUCH WENN DU ZU HAUSE BIST.
WAS? ACH SO. HAB ICH'S SCHON WIEDER VERGESSEN? SORRY!

PASS BITTE BESSER AUF.
SCHLIESSLICH…
… MUSS MAN MIT ALLEM RECHNEN.
DIESE HAND, DIE MICH SO VORSICHTIG BERÜHRTE…
DU HAST RECHT…
WUSCHEL
… HATTE ICH WAHNSINNIG GERN.
ER WAR DIE EINZIGE FAMILIE, DIE ICH HATTE…
… MEIN EIN UND ALLES.
JE MEHR ICH MIR WÜNSCHTE, IHN NICHT ZU VERLIEREN, DESTO MEHR WUCHS ETWAS ANDERES IN MIR.
OB ES SICH DABEI UM LIEBE, VERLIEBTHEIT ODER EINE ZWANGHAFTE FIXIERUNG HANDELTE…

... KANN ICH NACH ALL DER ZEIT NICHT MEHR SAGEN.
HI HI RASCHEL
SO 'NEN FOTOJOB HAST DU JA EWIG NICHT MEHR GEMACHT.
NA JA...
DER DOZENTENJOB UND DER AKTIENHANDEL SIND EINFACH BEQUEMER.
AUSSERDEM HAB ICH ZURZEIT KEINE MOTIVE, DIE ICH UNBEDINGT FOTOGRAFIEREN WILL.
NA DANN...
GIB MIR MAL DIE TASSE. ICH SCHENK DIR TEE NACH.
DANKE...

DU
BIST...
... AUCH
SEHR
SCHÖN.
WAS?

KRIEGST DU DAS NICHT STÄNDIG ZU HÖREN?
KNEIF
に
WAS SOLL DENN DAS?
HA HA! STEHEN DIE MÄDELS IN DER SCHULE ETWA NICHT AUF DICH?
VON WEM DENN?
UND WARUM SOLLTE JEMAND SO WAS ZU MIR SAGEN?
DEIN VATER HATTE VIELE VEREHRERINNEN.
ABER DU KOMMST JA EHER NACH DEINER MUTTER.
SAG MAL, ONKEL YUSAKU...
HM?
DARF ICH ETWA NUR BEI DEN MÄDCHEN IN DER SCHULE...
... GUT ANKOMMEN?

GIBT ES...
... EIGENTLICH MENSCHEN...
... AUF DIESER WELT, IN DIE MAN SICH NICHT VERLIEBTEN DARF?
ZUM BEISPIEL...
... WENN ES SICH NICHT UM EIN NORMALES MÄDCHEN HANDELT...
... SONDERN UM JEMAND ANDEREN...

PSCHHH
TUT MIR LEID, DASS ICH SO WAS KOMISCHES GEFRAGT HAB...
KLACKER
KLACKER
WAHRSCHEINLICH ...
... FEHLEN MIR EINFACH NUR DIE RICHTIGEN WORTE...
PATT
WUSCHEL
KEINE SORGE...

IN WEN AUCH IMMER DU DICH VERLIEB HAST, NICHTS DARAN IST KOMISCH.
BESTIMMT IST ES EINFACH PASSIERT…
… UND DU SELBST HATTEST ÜBERHAUPT KEINEN EINFLUSS DARAUF.
„WAS IST DIE HÖLLE?
DAS LEIDEN DARÜBER, DASS MAN NICHT MEHR LIEBEN KANN."
IST DAS EIN BERÜHMTES ZITAT?
JA. ES IST VON DOSTOJEWSKI.
UND DESWEGEN IST ES BESTIMMT ERLAUBT…
… ZU LIEBEN.

DU, ONKEL YUSAKU?
FINDEST DU MICH SCHÖN?
HM?
DU HAST DOCH EBEN GESAGT, DASS ICH SCHÖN BIN.
HA HA! NA JA, DAS STIMMT.
ICH FIND DICH SÜSS…
RUBB
RUBB
… UND HAB DICH TOTAL GERN, ASAHIKO.
ICH DICH AUCH.

KRAMPF
ICH HAB DICH AUCH GERN, ONKEL YUSAKU.
ICH MÖCHTE, DASS DU IMMER NUR MIT MIR ZUSAMMEN BIST.
WENN ICH MEINE GEFÜHLE IN MEINEN EINFACHEN WORTEN AUSDRÜCKE, DANN...
... WILL ICH NICHT...
GRAPP
... DASS...

JETZT LASS MICH DOCH AUSREDEN!
SOBALD DIR WAS UNANGENEHM IST, WEICHST DU IMMER MEINEM BLICK AUS, ONKEL YUSAKU.
ASAHIKO...
ICH WERDE IMMER BEI DIR BLEIBEN.
BIS ICH STERBE!

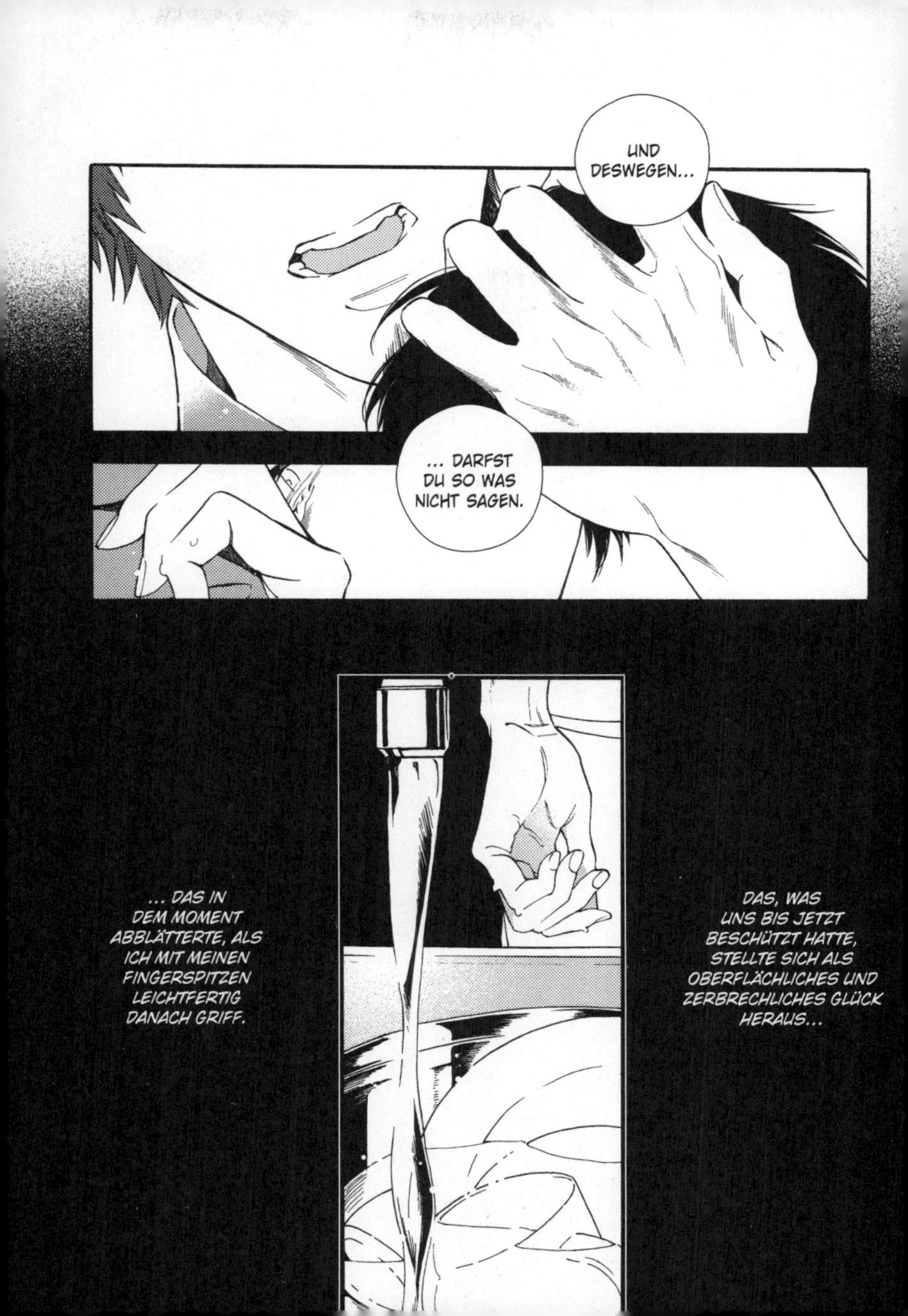
UND DESWEGEN...
... DARFST DU SO WAS NICHT SAGEN.
DAS, WAS UNS BIS JETZT BESCHÜTZT HATTE, STELLTE SICH ALS OBERFLÄCHLICHES UND ZERBRECHLICHES GLÜCK HERAUS...
... DAS IN DEM MOMENT ABBLÄTTERTE, ALS ICH MIT MEINEN FINGERSPITZEN LEICHTFERTIG DANACH GRIFF.

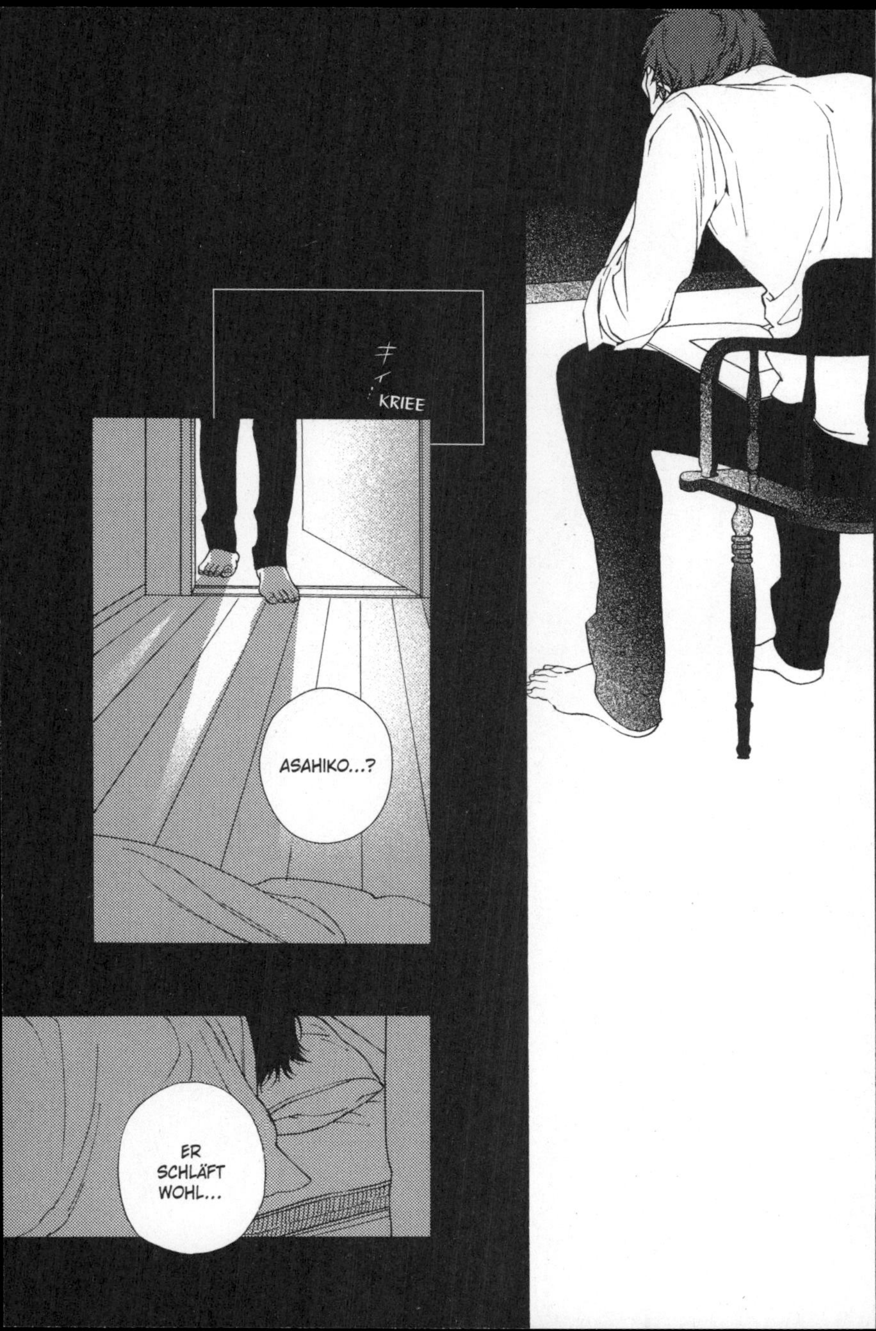
キィ…
KRIEE
ASAHIKO…?
ER SCHLÄFT WOHL…

VIELLEICHT…
… IST ES MEINE SCHULD.
WEIL ICH…
… DICH IN ASAHIKO GESEHEN HAB…
… IST ER DIR SO ÄHNLICH GEWORDEN…
… DASS ES MICH EHRLICH GESAGT FERTIGMACHT.
AUCH JETZT, WO DU NICHT MEHR DA BIST, TRIFFT ES MICH IMMER NOCH HART.

* Höfliche Anrede.

ASAHIKO...

WAS HATTE DAS SCHON ZU BEDEUTEN?
SCHLIESSLICH HATTE ICH ALLES BEI DIESEM UNFALL VERLOREN.
UND ES GAB KEINEN ZWEIFEL DARAN, DASS ONKEL YUSAKU ALLES GETAN HATTE, UM MIR SEINE AUFRICHTIGE ZUNEIGUNG ZU SCHENKEN.
SEINE GEFÜHLE WAREN GANZ SICHER NICHT GESPIELT...
... ABER LETZTENDLICH GALTEN SIE NICHT MIR.
SO EINFACH WAR DAS.

WAS FÜR KOMISCHE FARBEN...
SEIT JENEM MORGEN HATTE IN MEINEN AUGEN ALLES EINE ANDERE FARBE ANGENOMMEN.

DER MOMENT, ALS MIR DAS BISSCHEN GELD AUSGING, WAR DER AUSLÖSER.
SRRT
Für Asahiko
PAMM
HEY!
DER IST DOCH NOCH KEIN KIND!
WIR HABEN IHN AUFGELESEN, WEIL ER SO SÜSS IST.
ER SAGT, ER WÄR SCHON ERWACHSEN.
ER SAGT, SEINE LIEBSTE HÄTTE IHM 'NE ABFUHR ERTEILT...
... UND ER HAT DURST.
DA IST ES DOCH DAS BESTE, WAS ZU TRINKEN UND SPASS ZU HABEN! ♡
STIMMT'S?

NA SO WAS…
AH! MIKA!
HI!
GRAPP
DANN MUSS ICH IHN WOHL TRÖSTEN.
HEY…
WENN DU TUST, WAS ICH SAGE…
… DARFST DU HIERBLEIBEN.
DER LÄRM DIESES ORTS, DEN ICH AUS VERZWEIFLUNG BETRETEN HATTE, LIESS MEINEN WIDERSTAND VERFLIEGEN.
ICH WOLLTE NICHT HEIM.
DAFÜR BEZAHLTE ICH IMMER WIEDER EINEN IDIOTISCHEN PREIS.
WAS WILLST DU JETZT TUN?
DU BIST GANZ SCHÖN FERTIG, OBWOHL DU NOCH EIN ROTZLÖFFEL BIST.

WAS SOLL ICH TUN...?
SO SCHLIMM, WIE ICH AUSSEH...
... IST DOCH NICHTS MEHR ZU MACHEN...
DU BIST JA VÖLLIG HINÜBER, MANN.
IST DAS MEINE SCHULD?

WIESO DEINE SCHULD?
SAG DAS NICHT.
DIE TAGE, AN DENEN ICH VON DIESER TRÜBEN LEIDENSCHAFT UND GEWALT VERZEHRT WURDE…
… WAREN SO VERZWEIFELT, DASS ES SCHON WIEDER GANZ NETT WAR.
NEIN. OBWOHL ES NICHT DAS WAR, WAS ICH WOLLTE, WURDE ICH VON ETWAS ERFÜLLT, AUCH WENN ES SCHMUTZIG WAR.
ICH HATTE KEINEN ORT MEHR, AN DEN ICH GEHÖRTE.

DASS ICH IN DIE SCHULE KAM, WAR NUR EINE LAUNE.
ICH WAR PLEITE, MEIN GANZER KÖRPER TAT WEH...
... UND DA ICH NIEMANDEN TREFFEN WOLLTE, KONNTE ICH NIRGENDWO ÜBERNACHTEN.
NA JA, IMMERHIN GIBT'S HIER EIN DACH...
PUH...
WAS FÜR EIN MIESES WETTER...
AN SOLCHEN BLÖDEN TAGEN SCHIEN IN DER REGEL GANZ NORMAL DIE SONNE. DER HIMMEL WAR AUF EINE SO UNERTRÄGLICHE UND ABSTOSSENDE WEISE KLAR, ALS WÜRDE IHN DAS ALLES NICHTS ANGEHEN.

ALS ICH NOCH KLEIN WAR, HABEN WIR AN SOLCHEN SONNIGEN TAGEN OFT DEN DRACHEN STEIGEN LASSEN, DEN MEIN VATER GEBASTELT HATTE.
WIR WAREN EINE GANZ NORMALE FAMILIE, DIE DIE JAHRES-ZEITEN GENOSS.
ICH BIN GESTÜRZT UND DER FADEN RISS.
LAUT HEULEND STRECKTE ICH MEINE HAND AUS...
... UND HÜPFTE AUF UND AB.
DANN VERSCHWAND DER DRACHEN AM HIMMEL...
JA GENAU. AUF DIESE WEISE EINFACH DAVONZUFLIEGEN...
... WÄRE VIELLEICHT DAS MUTIGSTE UND SCHÖNSTE...

ABER ER STRAHLTE GOLDEN IN DER MITTAGSSONNE.

ES KONNTE NICHTS SCHÖNERES ALS IHN GEBEN.
SEINE ERHABENE GESTALT IN DER SCHULUNIFORM...
... SAH AUS WIE EIN GESCHENK AN MICH.
ピク
ZUCK
AUS SEHNSUCHT NACH ZUNEIGUNG WAR ICH DIE GANZE ZEIT SO VERZWEIFELT GEWESEN.
MHM...
BADUMM
きゅーん
ABER DAVON HATTE ICH JETZT GENUG.
AM TAG, AN DEM ICH STERBEN WOLLTE, HATTE ICH EINE SCHICKSALHAFTE BEGEGNUNG.

ICH WOLLTE DICH LIEBEN, IN DEM ICH DIR MEIN LEBEN GAB UND ALLES, WAS NOCH VON MIR ÜBRIG WAR.

WIE HEISST DAS STÜCK?
„CLAIR DE LUNE" VON DEBUSSY...
AH... KLASSISCHE MUSIK...
WENN MIR KALT IST...
SNIFF
... LEGT ER SEINE GROSSE HAND AUF MEINE.
HE HE. DU RIECHST GUT...
MI-CHANS KÖRPER IST IMMER SO WARM.

すり
RUBB
WENN ICH AUFWACHE UND DU NICHT DA BIST, ASA-CHAN...
... BEKOMM ICH IMMER HERZRASEN.
WENN ICH ALLES NUR GETRÄUMT HÄTTE, WÄR DAS ECHT DIE HÖLLE, DENK ICH DANN...
... UND BIN DIREKT TOTAL VERZWEIFELT.
ABER WENN ICH DICH WIE JETZT AN MICH DRÜCKE...
... KANN ICH ENDLICH WIEDER ATMEN.
ES TUT MIR LEID...
... MI-CHAN...
MI-CHAN FRAGT NIE NACH, WARUM ICH MANCHMAL LUST BEKOMME, FÜR MICH ALLEIN EINE ZIGARETTE ZU RAUCHEN.

ABER WIE...
... KANN ICH ES IHM ERKLÄREN?
OBWOHL ICH DOCH GLÜCKLICH SEIN SOLLTE, FÜHLE ICH MICH SO UNSICHER WIE EIN KLEINES KIND.
MEINE GIER UND MEINE ANGST WERDEN IMMER GRÖSSER.
DEINE HAARE SIND GEWACHSEN, ASA-CHAN.
ICH HAB ALLES VERLOREN, WAS MIR AM HERZEN LAG...
... UND JETZT HAB ICH DICH, DEN ICH ÜBER ALLES LIEBE.
DAS MACHT MIR UNGLAUBLICHE ANGST.

SAG MAL, MI-CHAN…
WARST DU SCHON MAL VERLIEBT?
?
NA, IN DICH…
… ASA-CHAN.
ABER GAB ES JEMANDEN VOR MIR?
NEIN…
BEVOR ICH DICH GETROFFEN HAB, HATTE ICH JEDEN TAG LANGEWEILE.

UND WIE SIEHT'S BEI DIR AUS?

Asa & Mitja

KAPITEL 3

HEY, MIKA...
BITTE BESTELL MICH NICHT MEHR ZU DIR.
WARUM NICHT?

DU HAST DICH LÄNGER NICHT BLICKEN LASSEN…
… ABER DANN STIMMT'S WOHL, DASS DU DEINEM NEUEN LOVER TREU BIST.
HAB GEHÖRT, ER SPRICHT KEIN JAPANISCH. ABER WELCHE SPRACHE VERSTEHT ER DANN? BRING IHN DOCH DAS NÄCHSTE MAL MIT.
ER HAT JA GRAUE AUGEN…
HÖR AUF DAMIT.
WENN DU MITJA ANQUATSCHST, BRING ICH DICH UM.

BEVOR ES DAZU KOMMT, WIRST DU DIR WAHRSCHEINLICH DEINEN EIGENEN TOD WÜNSCHEN, ASAHIKO.
BESTIMMT ZITTERST DU TAG FÜR TAG BEI DEM GEDANKEN…
… SCHON WIEDER JEMANDEN ZU VERLIEREN.
WIR BEIDE SIND NUN MAL SO, DASS UNS SELBST BEIM GRÖSSTEN GLÜCK NOCH NACH HEULEN ZUMUTE IST.
FRÜHER ODER SPÄTER WIRST DU'S NICHT MEHR AUSHALTEN UND DIE FLUCHT ERGREIFEN.

UND DANN HAST DU KEINEN ORT, AN DEN ZURÜCKKANNST...
... AUSSER ZU MIR.
TROTZDEM...

... WILL ICH NICHT MEHR...
... VON MITJA WEG.
NICHTS DA, ASAHIKO.
DIR FEHLT SO VIEL...
... DASS DU NIEMALS BEFRIEDIGUNG FINDEST.
ICH ZUMINDEST...
... WILL NIE WIEDER JEMANDEN LIEBEN.
...

UND AUCH DU SOLLTEST ENDLICH DAZULERNEN ...
... FÜR DEN FALL, DASS DU WIEDER ALLEIN DASTEHST.

WARUM BIST DU HEUTE HERGEKOMMEN?
WENN DU MIKA NICHT MAGST, IGNORIER IHN DOCH EINFACH.
ER HÄTT MIR SONST WAS ANTUN KÖNNEN...
... WENN ICH NICHT GEKOMMEN WÄR.

GANZ SCHÖN EINGEBILDET, KLEINER!
MIKA HAT WIRKLICH BESSERES ZU TUN.
DASS DU DICH STÄNDIG SO ABHÄNGIG MACHST, KOMMT DIR DOCH GELEGEN.
DU WILLST DIR EINFACH NUR EINEN FLUCHTWEG OFFENHALTEN.
ABER GLAUBST DU WIRKLICH, DU BIST GERISSEN GENUG, UM SO 'NE STRATEGIE ZU FAHREN?
SCHLIESSLICH BRAUCHTE ES NUR EINE ENTTÄUSCHTE KINDISCHE LIEBE, DAMIT DU VOR LAUTER FRUST ZU UNS GEFLÜCHTET BIST.
HA HA! ICH LACH MICH TOT.

TSS!
ECHT ÜBEL...
DU HAST UNS BELAUSCHT, ODER?
DU WARST SCHON IMMER EIN WIDERLING.
HÄ?
ES GIBT SCHLIESSLICH NICHTS, WAS ICH NICHT ÜBER MIKA WEISS.
WIE ALBERN DIE ANGELEGENHEIT AUCH SEIN MAG.
DIE SACHE GEHT DICH NICHTS AN, ERI.
UND ICH HAB AUCH NICHT NACH DEINER MEINUNG GEFRAGT.
ARGH...
DU GEHST MIR DOCH VOLL AM ARSCH VORBEI!

ABER ICH HAB KEINE LUST DRAUF, DASS DU DICH WIEDER HIER EINNISTEST.
ALSO LASS DICH NIE WIEDER HIER BLICKEN!
HATTE ICH SOWIESO NICHT VOR.
VERRECK DOCH, ERI!
HÄ?! VERRECK DOCH SELBST!
ZACK

ERI MUSS MIR GAR NICHTS SAGEN. ICH WEISS SELBST, WAS MIT MIR LOS IST.
ERI REGT MICH ECHT AUF!
DIESER BLÖD-MANN!
DIESER NARZISST IST DOCH SCHIZO!
DIESER ABHÖRGEILE PSYCHO!
NACHDEM ICH BEI MIKA BLEIBEN DURFTE, VERSANK ICH IM ELEND...
... UND ICH HAB VIELE RISKANTE DINGE GETAN.
ICH WURDE WIE HEUTE VERPRÜGELT UND HAB AUCH ZURÜCKGE-SCHLAGEN.
ES WAR ALLES ZIEMLICH IDIOTISCH...
... ABER ICH KAM MIR VOR WIE IN EINER ANDEREN WELT...
... UND ES WAR BEQUEM, WEIL ICH MICH SELBST VERGESSEN KONNTE.
AU...
SNIEF
SO IST ES BIS VOR KURZEM GEWESEN...

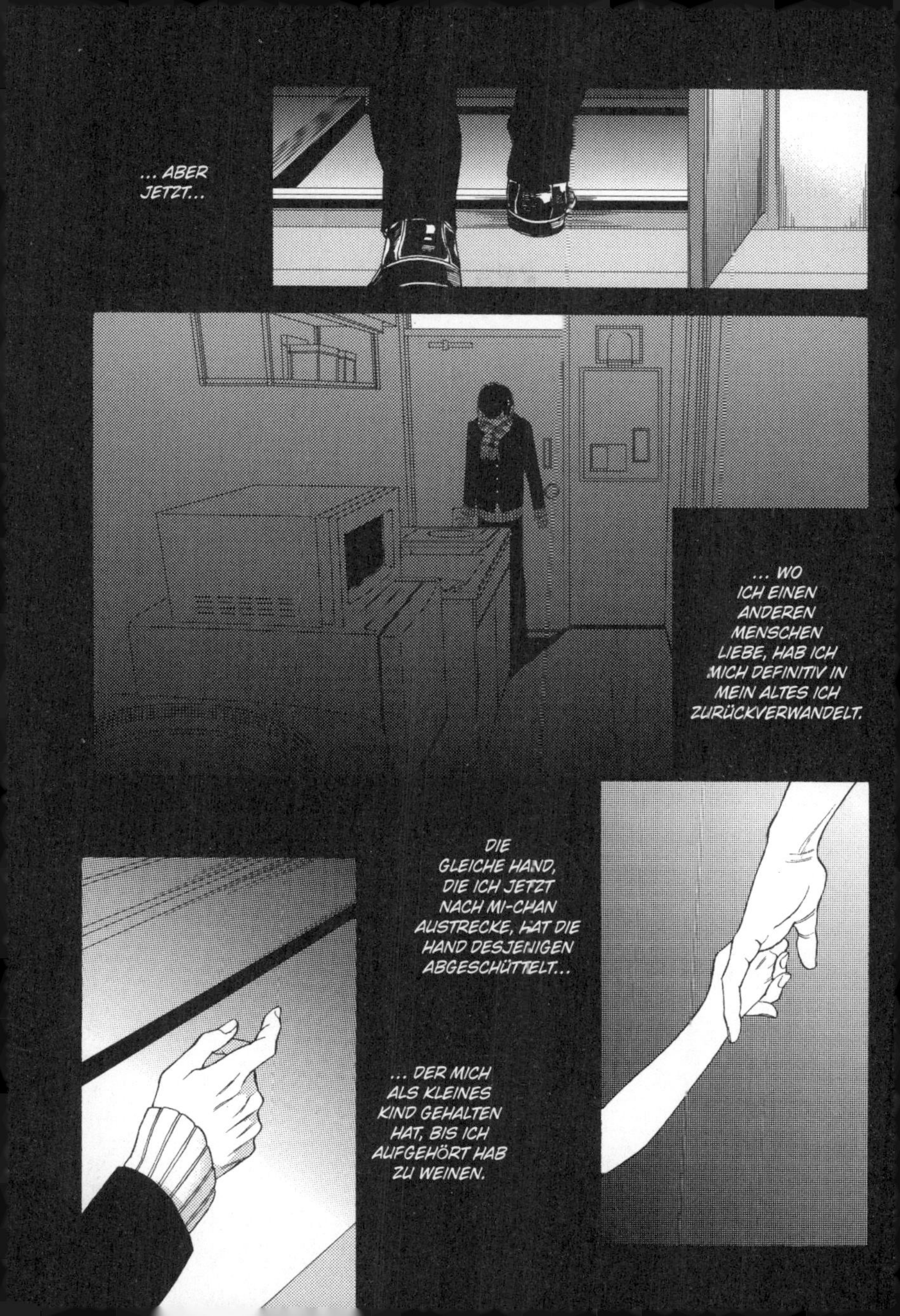
... ABER JETZT...
... WO ICH EINEN ANDEREN MENSCHEN LIEBE, HAB ICH MICH DEFINITIV IN MEIN ALTES ICH ZURÜCKVERWANDELT.
DIE GLEICHE HAND, DIE ICH JETZT NACH MI-CHAN AUSTRECKE, HAT DIE HAND DESJENIGEN ABGESCHÜTTELT...
... DER MICH ALS KLEINES KIND GEHALTEN HAT, BIS ICH AUFGEHÖRT HAB ZU WEINEN.

JA, DAS BIN ICH.
FLOMP
ROLL
ICH BIN GEMEIN, FEIGE UND NICHT MEHR ZU RETTEN.
KOMM SCHNELL NACH HAUSE...
... MI-CHAN...

... IST EINE NOCH VIEL HÄSSLICHERE EITERBEULE.
ASA-CHAN...
WAS HAST DU? IST WAS PASSIERT?
AU!
WAS IST? BIST DU OKAY?
PATT
PATT
SCHOCK
WAS?! DU BIST JA VERLETZT!

ICH WILL MICH ÄNDERN.
EGAL WIE…
… ABER ES MUSS JETZT GLEICH PASSIEREN.
WAS MUSS ICH DAFÜR TUN?

KÜSS
FERTIG.
IST ECHT HÜBSCH GEWORDEN.

DU, MI-CHAN?
WENN ICH…
… EIN GANZ NORMALES LEBEN OHNE IRGENDWELCHE BESONDERHEITEN FÜHREN WÜRDE…
… ELTERN HÄTTE…
… UND NICHTS FALSCH MACHEN WÜRDE…
OB ICH IHN DANN EINFACH NUR WAHNSINNIG GERN HABEN KÖNNTE…
… OHNE MIR IRGENDWELCHE GEDANKEN ZU MACHEN?
JA?
ABER „HÄTTE, HÄTTE“ IST HALT NICHT. ICH HAB MICH IN MEINEN ONKEL VERLIEBT, BIN ABGEBLITZT UND DARÜBER VERZWEIFELT, HAB MIR DAS HIRN VERNEBELT, INDEM ICH MIT WER WEISS WIE VIELEN LEUTEN GEVÖGELT HAB, UND WÄR FAST GESTORBEN, ABER JETZT BIN ICH WIE VERRÜCKT IN MI-CHAN VERLIEBT. DAS IST DIE GANZE WAHRHEIT.

IN WORTE GEFASST KLINGT ES WIE EIN ABSOLUTER WITZ.
HALT MICH GANZ FEST…
LÄCHEL
ICH KANN'S IHM NICHT SAGEN.
KNUDDELN!
UNMÖGLICH.
MAGST DU MIR AUCH DIE HAARE SCHNEIDEN, ASA-CHAN?
BLOSS NICHT! ICH WÜRD'S BESTIMMT VERSAUEN…

UND ICH FÄND'S SCHADE…
UND TROTZDEM WILL ICH VON MI-CHAN GELIEBT WERDEN.
SOLANGE DU ES BIST, ASA-CHAN…
… LASS ICH ALLES MIT MIR MACHEN.
IRGENDWAS STIMMT NICHT MIT MIR, DASS ICH MIR SO VIEL RAUSNEHM.
BESTIMMT WERD ICH EINES TAGES AUS DIESEM TRAUM ERWACHEN, DER NUR MIR IN DEN KRAM PASST.

IN LETZTER ZEIT GEHT ES BEI UNS UM LEBEN UND TOD.
Asa & Mitja
KAPITEL 4

DER SCHWEISS VERDUNSTET, SODASS ER WIE NEBEL IN DER KÜHLEN LUFT HÄNGT...
... UND UNS WIRD SO HEISS, DASS UNS FAST SCHWINDLIG WIRD.

... 21...
... 22...
... 23...
... 24...
... 25...

... 26...
... 27...
... 28...
... 29...

... 30...
... 33.
32...
UPS...?

??
HMM...
ICH WEISS NICHT MEHR, WO ICH WAR...
WIE...?
UND WIE VIELE MUTTERMALE HAB ICH, ASA-CHAN?
HMM...
ZWISCHENDURCH HAB ICH NUR NOCH DAS KISSEN GESEHEN.
KÜSS
DANN MÜSSEN WIR WOHL NOCH MAL VON VORN ANFANGEN.

PUH... DAS HAT GUTGETAN.
LASS ES UNS NOCH MAL MACHEN.
HIER.
TRINK WAS.
ALLES IN ORDNUNG, ASA-CHAN?

KANNST DU DENN NOCH? TUT DIR NICHT DER HINTERN WEH?
HM... GEHT SCHON.
DU BIST SÜSS, WENN DU SO FERTIG BIST, ABER ÜBERNIMM DICH BITTE NICHT.
ER IST SO UNGLAUBLICH SÜSS, DASS ES MIR DIE BRUST ZUSAMMENZIEHT.
MEHR...
BIS ES AUCH IN MIR DRIN HEISS WIRD.
HÄRTER...
WENN ES WEHTUT, FÜHLT ES SICH NOCH BESSER AN.

ABER ICH HAB DIR DOCH NOCH NIE WEHGETAN, ODER?
WEIL ICH IHN SO WAHNSINNIG LIEBE, VERSCHLÄGT'S MIR FAST DEN ATEM.
ASA-CHAN, DU IDIOT...

ASA-CHAN IST UNGLAUBLICH SÜSS, WENN WIR DIE NACHT DURCH GEVÖGELT HABEN, BIS IHM GANZ SCHUMMRIG GEWORDEN IST...

... ABER ICH SELBST HAB'S GANZ SCHÖN SCHWER. SCHLIESSLICH MUSS ICH MEINEN KOPF ÜBERLISTEN, IN DEM EINE ZIELLOSE EIFERSUCHT LODERT.

HAH...! AH...
AH... AAH...
ICH KÖNNTE STERBEN VOR LIEBE, ABER DIESES GEFÜHL HAT EINEN UNGLAUBLICH HOHEN PREIS UND DAS QUÄLT MICH.

DU GEHST ZUR SCHULE?
ZUPP
WAS DENN? DU ETWA NICHT?
MORGEN.
WÄLZ
STREICHEL
STREICHEL

WAS...?
LASS UNS ZU HAUSE BLEIBEN...
WUPP もぞ
もぞ WUPP
ABER WENN WIR HEUTE DEN ZUSATZKURS SCHWÄNZEN ...
... BEKOMMEN WIR „DEFINITIV ÄRGER!".
DER LEHRER HAT GRADE ANGERUFEN UND UNS GEWARNT.
STREICHEL STREICHEL STREICHEL
なでなでなで
ぐり ぐり
RUBB RUBB
WENN ER UNS SCHON PER ANRUF WECKT, IST ES WIRKLICH ERNST...
... ALSO MÜSSEN WIR HIN.
IST DOCH...
... VÖLLIG EGAL.

BLEIB HIER BEI MIR.
WIR KÖNNEN DOCH AUCH IN DER SCHULE SCHLAFEN. HAUPTSACHE WIR SIND ANWESEND.
...

IN LETZTER ZEIT…
… HABEN WIR GERAUCHT, GETRUNKEN…
… IMMER WIEDER SEX GEHABT, BIS WIR VÖLLIG FERTIG WAREN…
… UND VERSCHIEDENE DINGE AUSPROBIERT…
ICH WILL NIRGENDWOHIN.
… ABER ASA-CHAN SCHIEN DIE GANZE ZEIT HINDURCH IRGENDWAS ZU QUÄLEN.
ASA-CHAN…

AUCH ICH WÜRD DICH AM LIEBSTEN...
... DIE GANZE ZEIT HIER EINSPERREN, ASA-CHAN.
ICH WÜNSCHTE, ASA-CHAN WÜRDE WIE ICH ALLE MENSCHEN AUSSER MIR HASSEN.
DANN WÄRE ALLES VIEL EINFACHER.
„DU WIRST VERLETZT, WEIL DU EINFACH VON ZU VIELEN DINGEN UMGEBEN BIST"...
... WÜRDE ICH IHM AM LIEBSTEN SAGEN UND IHN GANZ FEST AN MICH DRÜCKEN.

SOLCHE ABGEDREHTEN GEDANKEN GEHEN MIR STÄNDIG DURCH DEN KOPF...
... OBWOHL ICH IHN DOCH ZUM GLÜCKLICHSTEN MENSCHEN AUF DER WELT MACHEN WÜRDE, WENN ICH NUR WÜSSTE WIE.

ABER WEIL ICH SO UNFÄHIG BIN, KANN ICH IHM NICHT RICHTIG HELFEN.

ZZZ
シ
PSST!

MIMORIN SCHLÄFT IN LETZTER ZEIT SO VIEL.
ABER DEIN GESICHT SIEHT AUCH ZIEMLICH ÜBEL AUS, DIMIMI. HAST DU NICHT GESCHLAFEN?
WILL SICH NICHT VORSTELLEN, DASS ER SELBST MIT „DIMIMI" GEMEINT SEIN KÖNNTE.
……
KRITZ
KRITZ
KRITZ
KRITZ
…
…
HATSCHI!
KRAM
DRÜCK

HIER! BITTE!
KEINE SORGE! DIE MIT DEN BÄREN IST SAUBER.
NUR DIE MIT DEN HASEN IST SCHMUTZIG.
...
NEIN!
...
ÄHM...
VIELLEICHT SIND WIR BEIDE NOCH KEINE FREUNDE, DIMIMI...
... ABER MIMORIN UND ICH SCHON.

FLAPP
UND DESWEGEN LEIH ICH IHM DIE DECKE.
SO! BITTE SEHR!
WIE IST DER DENN DRAUF?
DIE IST SCHÖN WARM, STIMMT'S?
FALLS DIR AUCH KALT IST, SAG BESCHEID, DIMIMI!
ICH HAB NOCH 'NE DECKE MIT KATZEN.
WARUM DRÄNGT DER SICH SO AUF?
LÄCHEL

WENN DIR WAS FEHLT, KANN ICH DIR JEDERZEIT WAS LEIHEN.
OH!
SWISCH

ぼすっ
POFF
ピョイ WUPP
HEY!
ICH HAB TOTAL VERPENNT! LÄUFT DER ZUSATZKURS NOCH?!
ずび SNIEF
ぎゅに PRESS
ぎゅに PRESS
ざく KRSCH
ざく KRSCH
SELBER HEY! DER KURS IST FAST RUM!

HÄ! SAITO?!
WENN ICH BEI 'NEM ZUSATZKURS FEHL, AN DEM SOGAR SAITO TEILNIMMT, HAB ICH 'N VERDAMMTES PROBLEM!
JA, HAST DU!
WAS? ECHT JETZT? WAS SOLL ICH DENN JETZT MACHEN?
KRSCH
KRSCH
OI! ABER WARUM TRÄGT SAITO FÜR 'NEN ZUSATZKURS SCHULUNIFORM? MACHT IHR WITZE?
PRESS
BATSCH
ÄH, STIMMT!
WARUM TRÄGST DU SCHULUNIFORM, DIMIMI?
WARUM TUN DIE SO, ALS HÄTT ICH WAS FALSCH GEMACHT?

DU HAST DEN SCHNEEBALL VIEL ZU FEST GEDRÜCKT!
DER IST VIEL ZU HART, UM IHN JEMANDEM AN DEN KOPF ZU KNALLEN!
BUHU!
HALT DICH AN DIE REGELN, MANN!
FRESSE ...
ZZZ ZZZ
WACH AUF, ASA-CHAN.
KRNSCH
...
LASS UNS NACH HAUSE GE...
BATSCH
BATSCH

WIR WOLLEN MITSPIELEN!
...?!
KALT!
NOCH MEHR VON DENEN?!
HM?
WARUM TRÄGST DU SCHULUNIFORM ZUM ZUSATZKURS?
BRODEL

ガッ
ZACK
ICH HAB ALLES RICHTIG GEMACHT!
UUH! SELBST OHNE SPRECHBLASE WEISS ICH, WAS ER SAGEN WILL.
DAS ALSO ST DER ZORN DES STUMMEN CHARAS.
だだっ
TAPP
TAPP
NICHTS WIE WEG!

WAAH!
WAAH!
UH!
BATSCH
FLOPP
BRRR! KALT...
SCHNEE...?

YEAH!
YEAH!
HM...?
SIEHT AUS, ALS HÄTT ER SPASS...
MUA HA HA HA

DIMIMI IST GAR NICHT SO ANDERS ALS WIR.
ACH JA...?
STIMMT...
DU KÖNNTEST RECHT HABEN.

MIMORIII! MACH GEFÄLLIGST MIT, MANN!
KOMM SCHON, MIMORIN! WIR HOLEN IHN VOM IGLU RUNTER!
KOMM DA RUNTER! MEIN IGLU STÜRZT NOCH EIN!
HM? WARUM TRÄGST DU SCHULUNIFORM, MI-CHAN?
DU AUCH, ASA-CHAN?!

Asa & Mitja

KAPITEL 5

VABILITY
The story you don't know.
NA SO WAS…
MUHUUU! CHUHUUU!)
MAMPF MAMPF
JETZT HABEN DIE ANDEREN IHN ENTDECKT.
UNSEREN MATERIALRAUM …

LASS UNS WOANDERS HINGEHEN, MI-CHAN.
MI-CHAN?
MACHT DOCH NICHTS.
ギュ…
KLAMMER
IST DOCH DER EINZIGE WARME RAUM HIER.
WAS?
ECHT…?

JA DANN... LASS UNS AUCH HIER ESSEN.
VIER BOXEN VON EUREM LUNCH NUR MIT REIS?!
HIER!
OHNE SO VIEL REIS REICHT'S EINFACH NICHT!
DANKE!
HAT DEN HÖCHSTEN KALORIEN-VERBRAUCH.
WAS FÜR EIN KALORIEN-VERBRAUCH!
BEI SAITO KANN ICH'S MIR VORSTELLEN...
DIE HÄLFTE ISST ABER ASA-CHAN...
ACH JA, SAITO! AUF WELCHER MITTELSCHULE WARST DU EIGENTLICH?
WAREN ALLE AUF DERSELBEN MITTELSCHULE.
AUF DER YAMAUCHI...
OH MANN! WEIL'S AUCH AUF DER YAMAUCHI HALBWEGS STRENG ZUGING, BIN ICH ECHT AUFGEFALLEN.

OH MANN...
AUF DER MURASAKI HATTE ICH AUCH 'NEN RUF ALS SCHLÄGER WEG.
DU HATTEST DOCH KNALLROTE HAARE, KATSUO!
MUA HA HA HA
UND DU WARST NOCH VIEL KRASSER GEPIERCT!
story you don't know.
MUA HA HA HA
TJA, SO WAR DAS EBEN!
HEY! EIN ALTES FOTO!
KATSUOS ROTE PHASE!
WEIL DIE SENMATSU SO LAX IST, IST ES HIER SCHÖN ENTSPANNT.
STIMMT!
DIE LAXESTE OBERSCHULE UNSERES BEZIRKS MIT DEN DÜMMSTEN SCHÜLERN!
EY!
NUR BEI UNS KANN MAN IM UNTERRICHT 'NE KATZE STREICHELN!

AUF DIESER SCHULE...
... GIBT'S WENIGER LEUTE, DIE UNS SCHLECHT MACHEN.
SCHLIESSLICH HAT JEDER VON UNS EINEN GRUND, DASS ER SO GEWORDEN IST, STIMMT'S?
UND JEDER HIER WEISS DAS AUS EIGENER ERFAHRUNG.
SO WIE WIR.

NA JA...
... UND DESWEGEN...
... WILL ICH MICH AUCH...
... MIT DIR ANFREUNDEN, DIMIMI!

UNI-CHAN...
DAS WAR FILMREIF!
KNIPS
KNIPS
AAAH! WIE PEINLICH!
SO WAS VON PEINLICH!
KATSUO IST JA TOTAL GERÜHRT!
GUCK DOCH MAL HIER RÜBER, KATSUO!
HEY! HÖRT AUF DAMIT!

キ ン DING
コ ン DONG
カ ン DANG
コ ン DONG
MAAANN! AUSGERECHNET JETZT MUSS ES KLINGELN.
GLEICH HABEN WIR BASKETBALL.
KOMMT IHR AUCH?
ACH SO, WIR ESSEN NOCH.
OKAY! BIS DANN!

EBEN...
... WAR DER PLATZ BESETZT, WO WIR'S SONST IMMER TREIBEN.
STIMMT...
HI HI

DU HAST GAR NICHTS MEHR GEGEN DIE ANDEREN.
ICH WAR ECHT ÜBERRASCHT.
ÜBERRASCHT…?
JA… ICH HAB DICH…
… DAS ERSTE MAL SO GESEHEN.

KANN ES SEIN, DASS DIESE JUNGS NOCH KOMISCHER DRAUF SIND ALS ICH?
IRGENDWIE...
... WIRD MAN UNWILLKÜRLICH VON IHNEN MITGERISSEN.
ICH BRAUCHE NUR ASA-CHAN.
NUR ASA-CHAN RETTET MICH.

* Japanisches Omelett.

... NEUE DINGE KENNENLERNEN.
ぱくっ
HAPPS
もぐもぐもぐも
NOMM
NOMM
NOMM
SCHMECKT GANZ GUT...

HEY, MI-CHAN!
WOLLEN WIR AUCH ZUM BASKETBALL?
EIGENTLICH…
… MAG ICH BASKETBALL GANZ GERN.

BELIE
The story you don't know.
HEY! DIE BEIDEN SPIELEN AUCH NOCH MIT!
MIMORI UND DER AUSLÄNDER!
OI! DIE SIEHT MAN HIER NICHT OFT.

ALLES KLAR! KOMMT HER!
ABER HÄNDCHENHALTEN BEIM SPIEL IS NICH, KLAR?!
ALLES KLAR!

NICHT ZU FASSEN…
NUR AM SPORT NEHMEN DIE JUNGS REGELMÄSSIG TEIL…
よち KRAUL
よち KRAUL
ZING
AUU!
だば STRAMPEL
だば STRAMPEL
だば STRAMPEL
WARTE AUF MICH, NYABUMI-SAN!
OH! HEY!
シタッ HÜPF
ビャッ WUSCH
HEY! WARTE DO…

MAUUU
RUBB
RUBB
WUPP
UFF!
HEY!
UFF!
HEEEY!

HEY, NYABUMI! DU LEBST JA NOCH.
MIKADO...

LANGE NICHT GESEHEN.
DU KOMMST AB UND ZU NOCH HIERHER?
NICHT UNBEDINGT. MIR WAR EINFACH NUR LANGWEILIG.
JA, JA!
PUH! BIST DU SCHWER.
KENNEN SIE VIELLEICHT ASAHIKO MIMORI?

ER GEHT IN MEINE KLASSE…
ACH WIRKLICH?
DANN SCHAFFT WOHL SELBST ER DEN ABSCHLUSS.
SCHMUS
ICH WUSSTE NICHT, DASS IHR ZWEI EUCH KENNT.
DOCH. ICH HAB IHN MAL BEI UNS…
… IM LADEN EINGESAMMELT.
VERSTEHE…
MIKADO…

DU MUSST NICHTS VERGESSEN...
... UND DARFST HERKOMMEN, SO OFT DU WILLST.
ABER TROTZDEM...
... DARFST DU IN MIMORI NICHT IHN...
... NICHT DAS, WAS DU VERLOREN HAST, SEHEN.

HA HA
MACHEN SIE SICH ETWA IMMER NOCH SORGEN UM MICH?
DU WARST SCHLIESSLICH EIN ABSOLUTES PROBLEMKIND, SODASS ICH MIR AUCH ZEHN JAHRE SPÄTER NOCH SORGEN UM DICH MACHE.
ALS ICH HÖRTE, DASS ERI BEI DIR IST, WAR ICH ETWAS ERLEICHTERT … ABER KOMMT IHR BEIDE GUT MITEINANDER AUS?
ZEHN JAHRE…
ES IST SCHON ZEHN JAHRE HER.
HÜPF

ICH HAB MICH...
... DIE GANZE ZEIT EINSAM GEFÜHLT...
... HERR LEHRER.

きょろ WUPP
?!
HM...?! ASA-CHAN IST VERSCHWUNDEN!
きょろ WUPP
ER HOLT SEINEN GELDBEUTEL. WIR SOLLEN SCHON MAL IN DIE CAFETERIA GEHEN.
UND TEPPEI IST ZUM KLO.
WARUM GEHT ER OHNE MICH?
ALLES IN ORDNUNG? SICHER, DASS DU OHNE MIMORIN NICHT STIRBST?
HIIH!
HIIH!
IMMER SCHÖN WEITERATMEN! HIIH! HIIH!

ABER HÖR MAL, SAITO…
WARUM HAST DU BEIM SPIEL SO KRASS VERSAGT?
DU HAST NUR DUMM RUMGESTANDEN!
UND WIR HABEN HAUSHOCH VERLOREN!
ICH HAB FAST NIE BASKETBALL GESPIELT…
Cafeteria
HÄ?! SPIELT MAN IN DEINEM LAND ETWA KEIN BASKETBALL?!
?!
GRMPF
イラ イラ
ICH HAB DOCH GESAGT, DASS ICH IN JAPAN AUFGEWACHSEN BIN.
HAT DER TYP ALLES WIEDER VERGESSEN?!

NIMM DAS CURRY, DIMIMI! ES IST SUPER SCHARF UND ECHT LECKER!
ICH MAG NICHT.
UWOH!
ICH SEH ZUM ERSTEN MAL JEMANDEN DIESES MENÜ ESSEN!
China-Menü King Mikado 2.500 Yen
Deluxe-Menü King Mikado
Scharfes Curry 350 Yen
WAS? GIBT'S DENN ÜBERHAUPT ESSENSMARKEN DAFÜR? DAS MENÜ WAR DOCH SAUTEUER!
SABBER
ABER...
... WER IST DER TYP?

HEY!
Essensmarken
Essensmarken
DA IST JA DIMITRI!

WO IST ASAHIKO?
WER BIST DU?

HM? ER HAT DIR NICHTS ERZÄHLT?
ICH SCHÄTZE... ICH BIN WOHL DER KERL, DER VOR DIR DRAN WAR.

ASA & MITJA 1 – ENDE

APPETIT >>>> ESSENSAUSGABE

MEERESFRÜCHTENAMEN 1

MEERESFRÜCHTENAMEN 2

MIKA UND ERI VOR ZEHN JAHREN

WAS SOLL DIE FRAGE

ICH WILL FRÜH STERBEN

AUS LIEBE

NACHWORT

ES GIBT EINE GESCHICHTE „ASA & MITYA", DIE IN EINEM VORHERIGEN MANGABAND ZUSÄTZLICH ENTHALTEN WAR. SIE SPIELT IN EINER WELT, IN DER DIE BEIDEN SCHON ERWACHSEN SIND. DIE IM SELBEN BAND ENTHALTENE KURZGESCHICHTE „ASA & MITYA – 6 YEARS AGO" WAR DER ANLASS FÜR DIE REALISIERUNG EINER FORTSETZUNGSREIHE MIT DEM FOKUS AUF IHRER SCHULZEIT. INDEM ICH DARAUFHIN DEM LEBEN DER BEIDEN EINE RICHTIGE FORM GAB, BEGANN FÜR MICH EINE SCHAFFENSPHASE, DIE SICH ANFÜHLTE, ALS WÜRDE ICH OHNE SAUERSTOFFGERÄT IN DER TIEFSEE TAUCHEN. ICH MÖCHTE DEN ABSCHLUSS DIESER GESCHICHTE MIT DEM WUNSCH INS AUGE FASSEN, DASS DIESES WERK ALLEN AUFTRETENDEN FIGUREN AM ENDE EINE ZUKUNFT BIETET.

Billy.B

Boys Love

Saku Hiro

NOE67

Als der Mechaniker Saga im Schrott nach brauchbaren Teilen sucht, findet er einen bildschönen Androiden. Er ist fest entschlossen, ihn zu behalten und zum Laufen zu bringen – doch das hat Folgen. Denn schnell stellt sich heraus, dass der Android nicht nur ein Modell längst vergangener Tage ist… Er ist auch darauf programmiert, besondere Bedürfnisse zu befriedigen.

Eine wundervolle Geschichte über die romantische Beziehung zwischen einem Mechaniker und einem Androiden.

noe67

Einzelband ISBN 978-3-7704-2854-0
€ 7,50 [D]

MANGA 漫画 EGMONT

www.egmont-manga.de

MANGA
漫画

EGMONT

www.egmont-manga.de
facebook.com/EgmontManga
instagram.com/EgmontManga
twitter.com/EgmontManga

MANGA
漫画

EGMONT

www.egmont-manga.de
facebook.com/EgmontManga
instagram.com/EgmontManga
twitter.com/EgmontManga

Boys Love

Muno

BOYS AFTER DARK

Nach einigen missglückten Beziehungen mit Frauen beschleicht Akashi das Gefühl, dass er vielleicht doch auf Männer steht. Als er zufällig erfährt, dass sein gutaussehender Kommilitone Yagi angeblich schwul sei, spricht er ihn aus Neugier direkt an. Was er nicht erwartet hat: Yagi begrüßt ihn mit einem innigen Kuss! Ist das eine angenehme Verwechslung oder kommt Akashi tatsächlich so gut beim gleichen Geschlecht an?

Boys after Dark

Einzelband ISBN 978-3-7704-2715-4
€ 7,50 [D]

MANGA 漫画 EGMONT

www.egmont-manga.de

MANGA

漫画

EGMONT

www.egmont-manga.de
facebook.com/EgmontManga
instagram.com/EgmontManga
twitter.com/EgmontManga

Boys Love

Shizuku Namie | Touko Sunahara | Minagi Asaoka

DAILY KANON

Sumikazu stammt von einer wohlhabenden Adelsfamilie ab und muss sich keine Gedanken ums Geld machen. Als er beschließt, endlich auszuziehen, soll Kanon, die Haushaltshilfe, mit ihm kommen.

Doch Sumikazus Gefühle für Kanon gehen tiefer. Wie wird Kanon wohl darauf reagieren, wenn er von den Gefühlen seines Herrn erfährt? Oder empfindet er sogar ähnlich?

Daily Kanon

Einzelband ISBN 978-3-7704-2696-6
€ 7,50 [D]

MANGA 漫画 EGMONT

www.egmont-manga.de

www.egmont-manga.de
Unsere Bücher findest du im
Buch- und Fachhandel und auf

EGMONT
Shop
www.egmont-shop.de

„Asa & Mitja 1“ von Billy Balibally
Aus dem Japanischen von Melania Schmitz
Originaltitel: „Asa to Mitya“ vol. 1

Originalausgabe:
ASA TO MITYA volume 1

First published in Japan in 2016 by
Frontier Works Inc.
German translation rights arranged with
Frontier Works Inc. through
the Tuttle-Mori Agency, Inc, Tokyo

Deutschsprachige Ausgabe:

1. Auflage 2022

Verantwortliche Redakteurin: Luisa Steinhäuser
Redaktion: Katrin Aust
Gestaltung: Esther Strunck
Koordination: Angelika Schönhuber
Printed in the EU
ISBN 978-3-7704-4265-2

story house
EGMONT

SUTOPPU!

Koko wa kono manga no owari dayo.
Hantaigawa kara yomihajimete ne!
Dewa omatase shimashita!
Tanoshii hitotoki wo dozo!

Egmont-Manga-Chiimu

STOPP!

Das ist der Schluss des Mangas.
Fangt bitte am anderen Ende an!
Und nun genug der Vorrede,
viel Spaß beim Lesen!

Euer Egmont-Manga-Team